L'APOCALYPSE
SELON MAGDA

SCÉNARIO
CHLOÉ VOLLMER-LO

DESSIN & COULEUR
CAROLE MAUREL

éditions DELCOURT

À David et à Pascale R. qui, chacun à leur manière, m'ont appris à ne plus redouter les apocalypses.

Merci à Carole d'avoir si bien donné vie aux histoires dans ma tête, et d'avoir fait de cette aventure une joie sans cesse renouvelée.
Merci à David Chauvel pour son suivi, sa patience, ses conseils, sa présence, son enthousiasme.
Merci à Guy Delcourt pour sa confiance. Merci à toute l'équipe des éditions Delcourt pour avoir fait exister ce livre.

Chloé Vollmer-Lo

Un grand merci à Marion pour son soutien quotidien.
Énorme merci à David et Chloé pour leur confiance et leurs précieux conseils.

Carole Maurel

De la même dessinatrice, aux Éditions Casterman :
• *Comme chez toi*

Aux Éditions CATPEOPLEprod :
• *Les Chroniques mauves* - collectif

Aux Éditions Des ailes sur un tracteur :
• *Projet 17 mai : 40 dessinateurs contre l'homophobie*

Aux Éditions Elytel :
• *Santa Closed* - scénario d'Attal

Le site Internet de Carole Maurel : www.carolemaurel.com

Ouvrage dirigé par David Chauvel

© 2016 Éditions Delcourt

Tous droits réservés pour tous pays
Dépôt légal : janvier 2016. ISBN : 978-2-7560-6307-2
Première édition

Conception graphique : Trait pour Trait

Achevé d'imprimer en France en décembre 2015

www.editions-delcourt.fr

PRINTEMPS

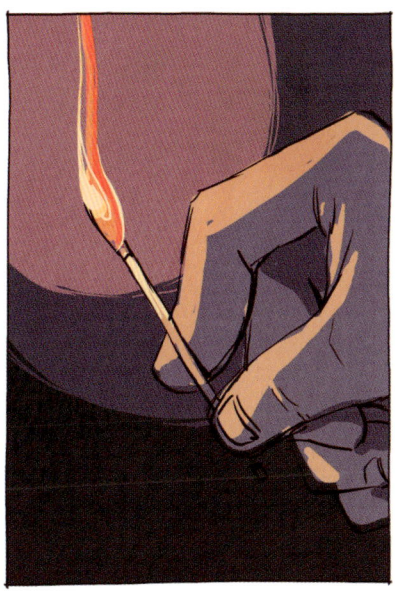

EH, MAGDA !

ÉTÉ

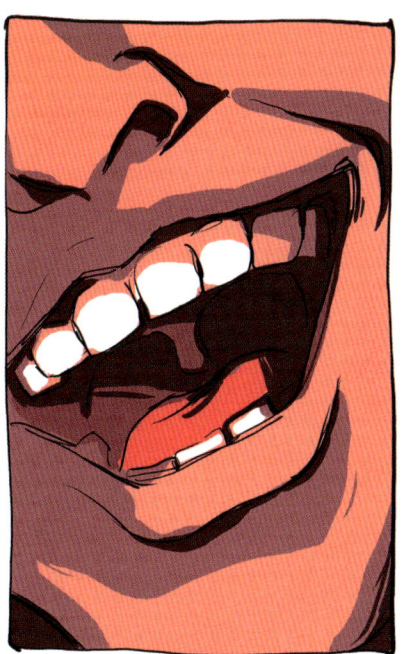

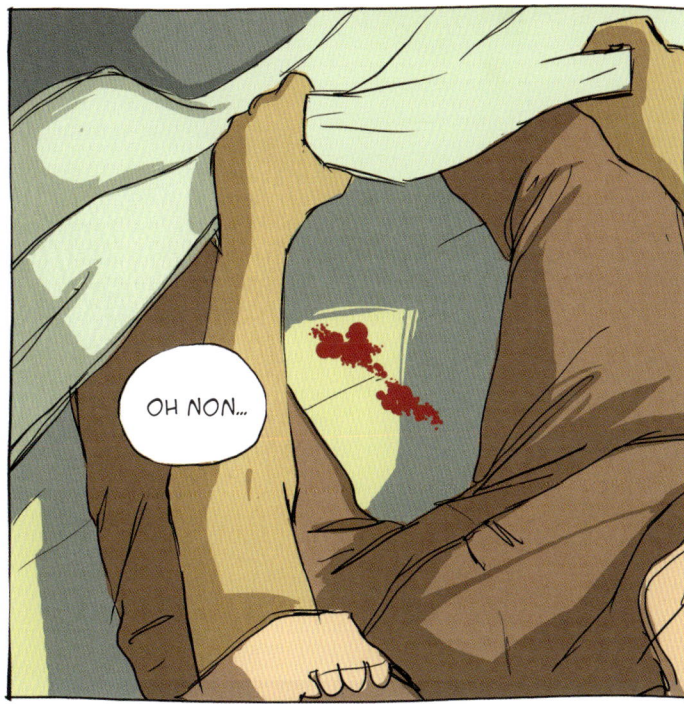

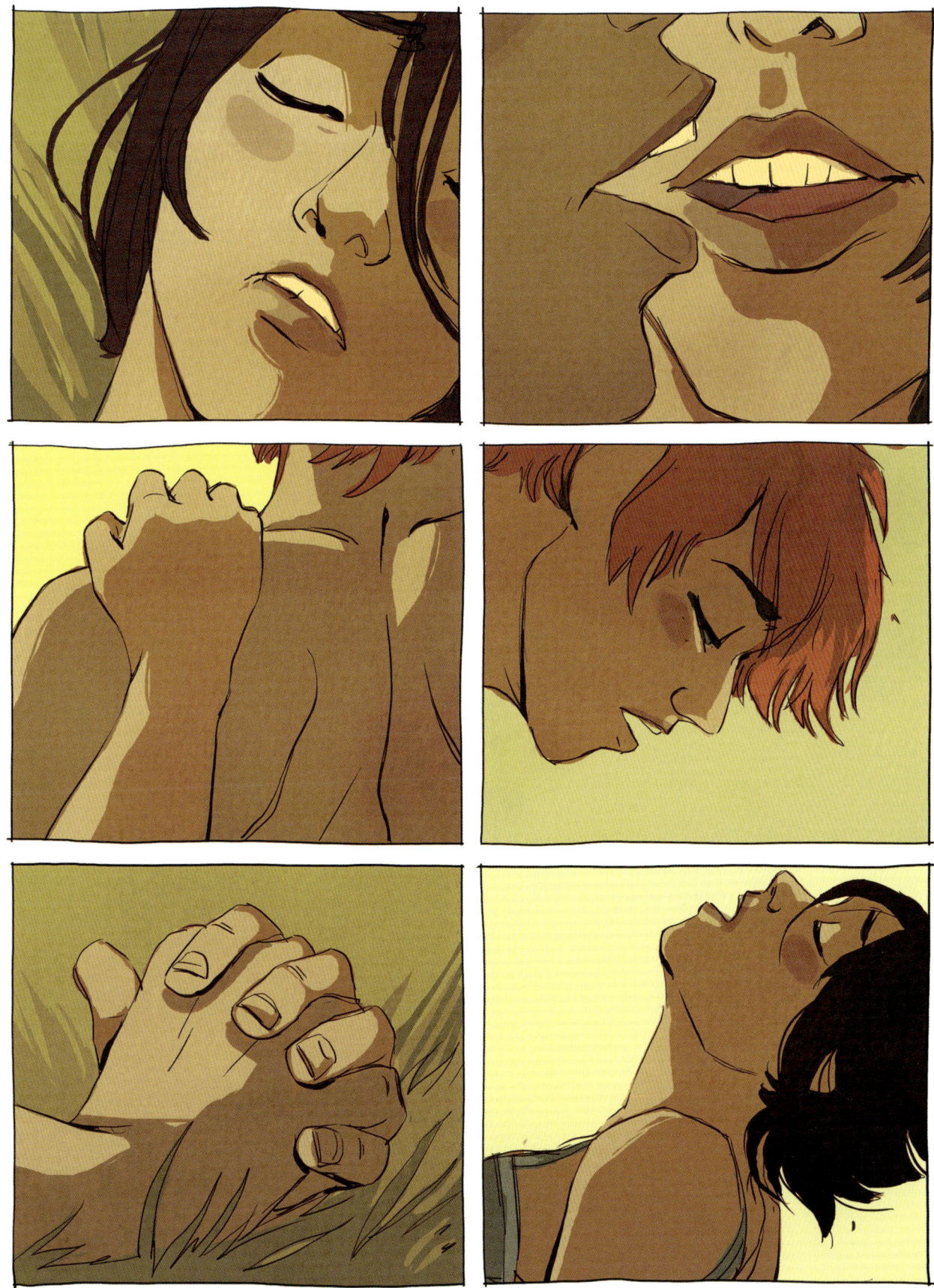

Chaque jour, Prem Tamang grimpe sur la montagne et prie les dieux pour qu'ils empêchent le cataclysme...

... pour John, cependant, l'éruption serait une catastrophe artificielle, nous serions manipulés par un conglomérat international...

La famille de Midori, quant à elle, accepte la nouvelle avec sérénité, et s'y prépare calmement.

BONNE NUIT, MON PETIT CHOU.

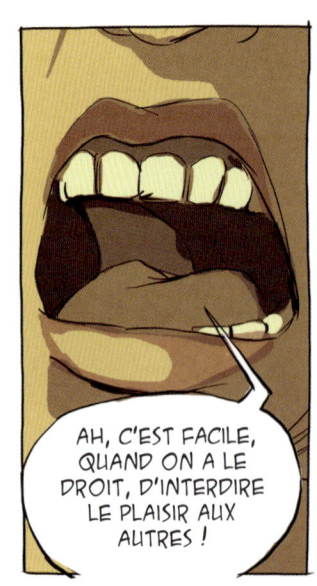

AUTOMNE

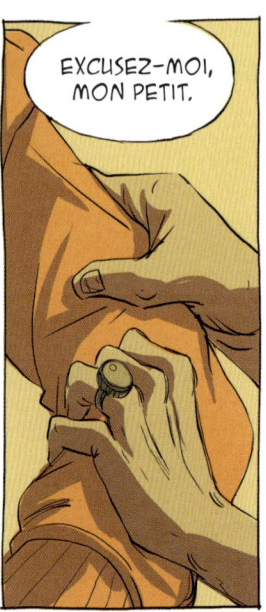

HIVER

— TIENS, SALUT, MAGDA.

— LÉON !

SALUT !TU VIENS GOÛTER À LA MAISON ?

REVIENS DEMAIN.

PRINTEMPS

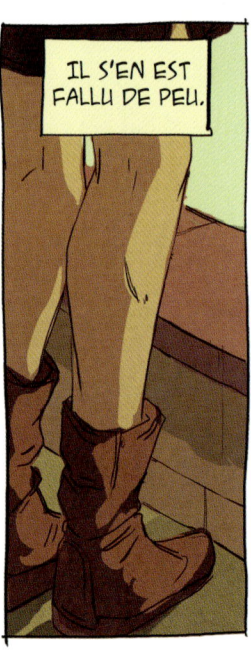